DON QUIJOTE DE LA MANCHA

DON QUIJOTE DE LA MANCHA

MIGUEL DE CERVANTES SAAVEDRA

LIBRO HOBBY

Libro Hobby Club, S.A.

C/ Virgen de África, 6
28027 Madrid

Tel.: +34 - 914 057 186
Fax: +34 - 914 057 187

e-mail: lhc@librohobbyclub.com
www.librohobbyclub.com

©2005, Libro Hobby Club, S.A.

© Ediciones Toray, S.A.

Coordinación y revisión: J. Leyva
Adaptación literaria y gráfica: E. Sotillos
Realización gráfica: J. Espinosa, Equipo editorial Libro Hobby
Diseño portada: Equipo editorial Libro Hobby

I.S.B.N.: 84-9736-289-6

Depósito legal: M-6.926-2005

Printed in Spain
Impreso en España

Don Quijote de la Mancha

EN UN LUGAR DE LA MANCHA DE CUYO NOMBRE NO QUIERO ACORDARME, NO HA MUCHO TIEMPO QUE...

...VIVÍA UN HIDALGO DE LOS DE LANZA EN ASTILLERO, ADARGA ANTIGUA, ROCÍN FLACO Y GALGO CORREDOR.

EL CID FUE UN BUEN CABALLERO; PERO MEJOR FUE TODAVÍA EL CABALLERO DE LA ARDIENTE ESPADA...

...QUE DE UN SOLO REVÉS PARTIÓ POR LA MITAD A DOS FIEROS Y DESCOMUNALES GIGANTES.

EL HIDALGO SE DIO A LEER LIBROS DE CABALLERÍA CON TANTA AFICIÓN Y GUSTO QUE, DE POCO DORMIR Y MUCHO LEER VINO A PERDER EL JUICIO.

"LA RAZÓN DE LA SINRAZÓN QUE A MI RAZÓN SE HACE, DE TAL MANERA MI RAZÓN ENFLAQUECE, QUE CON RAZÓN ME QUEJO DE LA VUESTRA FERMOSURA."

¿QUÉ LE OCURRE A MI TÍO, SEÑORA AMA?

¿NO LO ESTÁS OYENDO, MUCHACHA? DICE QUE QUIERE HACERSE CABALLERO ANDANTE Y SALIR POR ESTOS MUNDOS A DESFACER ENTUERTOS Y A MATAR GIGANTES.

CIERTA MAÑANA, SIN DAR PARTE A PERSONA ALGUNA DE SU INTENCIÓN, SE ARMÓ DE TODAS SUS ARMAS Y SALIÓ AL CAMPO POR LA PUERTA DEL CORRAL.

ME LLAMARÉ DON QUIJOTE DE LA MANCHA, DECLARANDO CON ELLO MI LINAJE Y PATRIA.

EN CUANTO A TI, MI NOBLE COMPAÑERO DE AVENTURAS, TE LLAMARÉ "ROCINANTE".

Y COMO ES FORZOSO QUE TODO CABALLERO ANDANTE TENGA UNA DAMA COMO SEÑORA DE SUS PENSAMIENTOS, SEA GUÍA, NORTE Y ACICATE DE MIS HAZAÑAS DOÑA DULCINEA DEL TOBOSO.

DULCINEA, AUNQUE VIVÍA EN EL TOBOSO, ERA EN REALIDAD UNA SIMPLE LABRADORA QUE SE LLAMABA ALDONZA LORENZO.

SI VENZO A ALGÚN GIGANTE, COMO DE ORDINARIO LES ACONTECE A LOS CABALLEROS ANDANTES, LE ORDENARÉ QUE SE PRESENTE ANTE MI DULCE SEÑORA PARA DAR TESTIMONIO DE MI HAZAÑA.

PERO, DE PRONTO, UN PENSAMIENTO TERRIBLE LE ASALTÓ.

¡CUITADO DE MÍ! ¿CÓMO PUEDO EMPRENDER NINGUNA HAZAÑA SI TODAVÍA NO HE SIDO ARMADO CABALLERO?

PERO EN AQUELLA VENTA, QUE A ÉL SE LE ANTOJÓ CASTILLO, SUPUSO QUE PODRÍA ENCONTRAR REMEDIO A SUS MALES.

NO TEMAN LAS VUESTRAS MERCEDES, PUES LA ORDEN DE CABALLERÍA QUE PROFESO ME PRIVA DE COMETER DESAGUISADO ALGUNO.

LAS DOS MOZAS DE LA VENTA, OBSERVANDO LA EXTRAÑA FIGURA DEL RECIÉN LLEGADO, NO PUDIERON CONTENER LA RISA.

MUCHA SANDEZ DEMUESTRA LA RISA QUE DE LEVE CAUSA PROCEDE; MEJOR SERÍA ENCONTRAR MÁS MESURA Y COMEDIMIENTO EN TAN HERMOSAS DONCELLAS.

LAS RISAS DE LAS MOZAS ATRAJERON LA ATENCIÓN DEL POSADERO.

SI VUESTRA MERCED BUSCA POSADA, SEÑOR CABALLERO, AMÉN DEL LECHO, PORQUE EN ESTA VENTA NO HAY NINGUNO, TODO LO DEMÁS SE OS DARÁ EN ABUNDANCIA.

PARA MÍ, SEÑOR CASTELLANO, CUALQUIER COSA BASTA, PORQUE MIS ARREOS SON LAS ARMAS Y MI DESCANSO EL PELEAR.

SEGÚN ESO, LAS CAMAS DE VUESTRA MERCED SERÁN DURAS PEÑAS, Y SU DORMIR SIEMPRE VELAR.

ASÍ ES.

SIENDO ASÍ, BIEN PUEDE ENTRAR VUESTRA MERCED, PUES AQUÍ NO HALLARÁ OCASIÓN DE DORMIR Y SÍ DE VELAR DURANTE UN AÑO.

A MI CABALLO ATENDED ANTES QUE NADA, OS LO RUEGO, PUES ES LA MEJOR PIEZA QUE COME PAN EN EL MUNDO. COMO SI FUERA EL MISMO "BUCÉFALO" DE ALEJANDRO HABÉIS DE CUIDARLE.

NUESTRO HÉROE SE CONFORMÓ CON UNAS TRUCHUELAS Y UN POCO DE PAN NEGRO.

NUNCA FUERA CABALLERO DE DAMAS TAN BIEN SERVIDO COMO FUERA DON QUIJOTE CUANDO DE SU ALDEA VINO.

TERMINADA LA CENA...

NO ME LEVANTARÉ EN TODOS LOS DÍAS DE MI VIDA DE DONDE ESTOY, VALEROSO CABALLERO, HASTA QUE VUESTRA CORTESÍA ME OTORGUE EL DON DE ARMARME CABALLERO,

PERO...

ESTA NOCHE VELARÉ LAS ARMAS EN LA CAPILLA DE VUESTRO CASTILLO, Y MAÑANA, SI ASÍ OS PLACE, SE CUMPLIRÁ LO QUE TANTO DESEO.

PERO...

EL VENTERO, QUE ERA UN POCO SOCARRÓN, DECIDIÓ SEGUIRLE EL HUMOR A SU HUÉSPED, ROGÁNDOLE QUE VELARA LAS ARMAS EN EL CORRAL POR CARECER DE CAPILLA EL CASTILLO.

PERO CUANDO EL NOVEL CABALLERO LLEVABA ALLÍ UN BUEN RATO, A UNO DE LOS ARRIEROS ALOJADOS EN LA VENTA SE LE OCURRIÓ DAR AGUA A SU RECUA.

¡OH! TÚ, QUIENQUIERA QUE SEAS, ATREVIDO CABALLERO, CUIDADO CON TOCAR LAS ARMAS DEL MÁS VALEROSO ANDANTE QUE JAMÁS SE CIÑÓ ESPADA. MIRA LO QUE HACES Y NO LAS TOQUES SI NO QUIERES DEJAR LA VIDA EN PAGO DE TU OSADÍA.

¡BAH! ¿POR QUÉ NO OS VAIS A DORMIR, BUEN HOMBRE?

ACORREDME, MI SEÑORA DULCINEA, EN ESTA PRIMERA AFRENTA. NO ME DESFALLEZCA EN ESTE TRANCE VUESTRO FAVOR Y AMPARO.

ACUDIERON OTROS ARRIEROS Y EL VENTERO, Y A TODOS ARREMETIÓ DON QUIJOTE CON SU LANZA.

¿QUÉ SUCEDE?

¡AY!

NUESTRO CABALLERO ANDANTE NO VOLVIERA EL PIE ATRÁS AUNQUE LE HUBIERAN ACOMETIDO TODOS LOS ARRIEROS DEL MUNDO.

¡OH, SEÑORA MÍA, TIEMPO ES QUE VUELVAS LOS OJOS DE TU GRANDEZA A QUIEN TAMAÑA AVENTURA ESTÁ ATENDIENDO!

¡DEJADLE! ¡DEJADLE! ¡NO ES MÁS QUE UN POBRE LOCO!

¡ALEVOSOS! ¡TRAIDORES! ¡BIEN SE ECHA DE VER QUE EL SEÑOR DE ESTE CASTILLO ES UN FOLLÓN Y UN MAL NACIDO, PUES ASÍ CONSIENTE SEA TRATADO LA FLOR Y NATA DE LA ANDANTE CABALLERÍA!

EL VENTERO LOGRÓ PERSUADIR A LOS ARRIEROS DE QUE DEJARAN EN PAZ AL ESFORZADO Y, PARECIÉNDOLE HARTO ARRIESGADAS LAS BURLAS DE SU HUÉSPED, DETERMINÓ ABREVIAR Y ANTES DE QUE SUCEDIERAN MÁS DESGRACIAS, DARLE LA NEGRA ORDEN DE LA CABALLERÍA.

CEÑIDLE LA ESPADA, SEÑORA, COMO REMATE DE LA CEREMONIA, QUE SE HA CONSEGUIDO PUNTO POR PUNTO.

QUÉ ME PLACE. DIOS HAGA A VUESTRA MERCED MUY VENTUROSO CABALLERO Y LE DÉ VENTURA EN LIDES.

LA DEL ALBA SERÍA CUANDO DON QUIJOTE SALIÓ DE LA VENTA, TAN CONTENTO, TAN GALLARDO, TAN ALBOROZADO POR VERSE YA ARMADO CABALLERO, QUE EL GOZO LE REVENTABA POR LAS CINCHAS DEL CABALLO.

BUENO SERÁ REGRESAR A LA ALDEA, "ROCINANTE", PARA COMPLETAR LAS NECESARIAS PREVENCIONES QUE UN CABALLERO ANDANTE DEBE LLEVAR CONSIGO, ESPECIALMENTE CAMISAS, DINERO Y UN BUEN ESCUDERO.

PERO ANTES DE LLEGAR A SU ALDEA, OCASIÓN TUVO DE INTERVENIR EN OTRAS AVENTURAS COMO LA DEL LABRADOR QUE AZOTABA A SU CRIADO, UN MOZALBETE LLAMADO ANDRÉS.

LIBERADO EL MOZO DE LAS IRAS DE SU AMO, GRACIAS A LA INTERVENCIÓN DE DON QUIJOTE, PICÓ NUESTRO HÉROE A "ROCINANTE" Y EN BREVE ESPACIO SE APARTÓ DE ELLOS.

PERO AL VER EL LABRADOR QUE EL ANDANTE YA HABÍA TRASPUESTO EL BOSQUE, VOLVIÓ A ATAR A UN ÁRBOL AL DESDICHADO MOZO Y A MEDIRLE LA ESPALDA CON RENOVADO BRÍO.

15

PUGNÓ EL DESDICHADO CABALLERO POR LEVANTARSE, PERO TAL EMBARAZO LE CAUSABAN LA LANZA, ADARGA Y ARMADURA, QUE NO PUDO CONSEGUIRLO.

¡NO HUYÁIS, GENTE COBARDE! ATENDED, RUINES, QUE NO POR CULPA MÍA, SINO DE MI CABALLO, ESTOY AQUÍ TENDIDO.

UNO DE LOS MOZOS QUE ACOMPAÑABAN A LOS MERCADERES, CANSADO DE ESCUCHAR AL CAÍDO TANTAS ARROGANCIAS, LE MOLIÓ A PALOS HASTA DEJARLE CASI DESHECHO.

¡AH! ¡TESTIGOS SON EL CIELO Y LA TIERRA DE QUE NO ES MI COBARDÍA LA QUE ME IMPIDE DEFENDERME DE ESTOS MALANDRINES, SINO MI GRAN DESVENTURA!

ALLÍ HUBIERA QUEDADO DON QUIJOTE, MOLIDO Y ABRUMADO, SI UN LABRADOR DE SU MISMA ALDEA NO LE HUBIERA ENCONTRADO Y SOCORRIDO.

¡AH! ¡BIEN ME DECÍA MI CORAZÓN DE QUÉ PIE COJEABA MI SEÑOR! ¡ACUÉSTESE VUESTRA MERCED, QUE SIN QUE VENGA ESA "HURGADA" HECHICERA LE SABREMOS AQUÍ CURAR.

¡TÍO!

¡TÉNGANSE TODOS, QUE VENGO MALHERIDO POR CULPA DE MI CABALLO; LLÉVENME A MI LECHO, Y LLÁMESE A LA HECHICERA URGANDA, QUE CURE Y CATE DE MIS HERIDAS.

¡MALDITOS SEAN ESOS LIBROS DE CABALLERÍA, QUE TAL HAN PARADO A VUESTRA MERCED!

¡HUM! PARA MI SANTIGUADA, QUE YO HE DE QUEMAR MAÑANA TODOS ESOS LIBROS ANTES DE LA NOCHE...

EL CURA ARROJÓ A LA HOGUERA LOS LIBROS QUE LE PARECIERON MÁS PERNICIOSOS.

PERO NI LA PRECAUCIÓN DEL CURA, NI LOS CONSEJOS DEL BARBERO NI LOS RUEGOS DEL AMA NI EL LLANTO DE LA SOBRINA PUSIERON REMEDIO, POR DESGRACIA, A LA LOCURA DE DON QUIJOTE.

CIERTA NOCHE...

DÍGOTE, SANCHO, QUE NO HAS DE ARREPENTIRTE DE HABER ABANDONADO A TU MUJER Y A TUS HIJOS POR SERVIRME DE ESCUDERO.

ASÍ SERÁ, MI SEÑOR DON QUIJOTE, SI A VUESTRA MERCED NO SE LE OLVIDA LA ÍNSULA QUE ME HA PROMETIDO.

NO TEMAS, AMIGO SANCHO PANZA, PUES HAS DE SABER QUE FUE COSTUMBRE MUY USADA EN LOS CABALLEROS ANDANTES HACER GOBERNADORES A SUS ESCUDEROS DE LAS ÍNSULAS Y REINOS QUE GANABAN.

19

A LA MANO DE DIOS: YO LO CREO TODO ASÍ COMO VUESTRA MERCED LO DICE, PERO ENDERÉCESE UN POCO QUE PARECE QUE VA DE MEDIO LADO, Y DEBE DE SER DEL MOLIMIENTO DE LA CAÍDA.

ASÍ ES, SANCHO. Y SI NO ME QUEJO DE DOLOR, ES PORQUE NO ES DADO A LOS CABALLEROS ANDANTES QUEJARSE DE HERIDA ALGUNA, AUNQUE SE LE SALGAN LAS TRIPAS POR ELLA.

EN EL BOSQUE DONDE PASARON LA NOCHE, DON QUIJOTE SE PROCURÓ UNA RAMA SECA PARA ENSARTAR EL HIERRO DE SU LANZA.

EN LOS DÍAS SUCESIVOS, PROSIGUIENDO SU CAMINO NUESTRO CABALLERO ANDANTE SE VIO ENVUELTO EN NUMEROSOS LANCES, SALIENDO DE TODOS ELLOS, SIN EXCEPCIÓN ALGUNA, MOLIDO Y APALEADO.

CIERTA MAÑANA, MIENTRAS DON QUIJOTE Y SANCHO DABAN CUENTA DE LO QUE LLEVABAN EN SUS ALFORJAS "ROCINANTE" SE INTERNO EN UN PRADO Y ASUSTÓ CON SU PRESENCIA UNA MANADA DE HACAS QUE GUARDABAN UNOS ARRIEROS.

¿QUIÉN TE DIO LICENCIA PARA ACERCARTE, MALDITO ANIMAL?

¡VAMOS A MOLERTE A GOLPES!

¡ALARMA, SANCHO! HAY QUE TOMAR VENGANZA DEL AGRAVIO QUE ANTE NUESTROS OJOS SE LE HACE A "ROCINANTE".

¿QUÉ VENGANZA, SI ELLOS SON MÁS DE VEINTE, Y NOSOTROS SÓLO DOS?

¡YO VALGO POR CIENTO!

PERO DE POCO LE VALIÓ A NUESTRO ESFORZADO CABALLERO SU DESTREZA Y BUEN ÁNIMO.

¡AY! ¡AY!

¡VAMOS A DARTE LO MISMO QUE A TU ROCÍN, FANTOCHE!

¡A ELLOS, SANCHO!

FINALIZADA LA DESIGUAL BATALLA...

¡SEÑOR DON QUIJOTE! ¡AY, MI SEÑOR DON QUIJOTE!

¿QUÉ QUIERES, SANCHO, HERMANO?

QUISIERA, SI FUERA POSIBLE, QUE VUESTRA MERCED ME DIERA DOS TRAGOS DE AQUELLA BEBIDA MÁGICA, DE LA QUE EN OCASIONES ME HABLÓ, PARA PONER REMEDIO A MIS HERIDAS Y AL QUEBRANTAMIENTO DE MIS HUESOS.

NO LA TENGO A MANO, PERO LA CONSEGUIREMOS, SANCHO.

COMO "ROCINANTE" NO ESTABA EN SITUACIÓN DE SOSTENER A SU DUEÑO, SANCHO PANZA CARGÓ A DON QUIJOTE SOBRE EL ASNO.

Y ASÍ, ENTRE SUSPIROS DEL ANDANTE Y AYES DEL ESCUDERO, LLEGARON AMBOS A UNA VENTA.

MARITORNES, LA MOZA DE LA VENTA, CONDUJO A DON QUIJOTE Y A SANCHO A UN MÍSERO APOSENTO.

SANCHO AMIGO, ¿DUERMES?

¡DESVENTURADO DE MÍ! ¡SI PARECE QUE TODOS LOS DIABLOS HAN ANDADO CONMIGO ESTA NOCHE!

TAL CREO, SANCHO. PERO LEVÁNTATE, SI PUEDES, Y LLAMA AL ALCAIDE DE ESTA FORTALEZA, Y PROCURA SE ME DÉ UN POCO DE ROMERO, ACEITE, VINO Y SAL PARA PREPARAR UN BÁLSAMO QUE CURE NUESTROS MALES.

EL VENTERO PROCURÓ A SANCHO TODO LO SOLICITADO Y DON QUIJOTE SE APRESURÓ A PREPARAR EL MEJUNJE.

YA ESTÁ EN SU PUNTO. AHORA, PARA QUE ADQUIERA TODO SU PODER, REZARÉ OCHENTA PATERNOSTERS Y OTRAS TANTAS AVEMARÍAS, CON UN COPIOSO ADITAMENTO DE SALVES Y CREDOS.

Y POCO DESPUÉS...

DEJE ALGO PARA MÍ, VUESTRA MERCED. SI EL BÁLSAMO DE FIERABRÁS PUEDE SANAR AL DUEÑO, CONFÍO EN QUE SU EFICACIA SE EXTIENDA AL ESCUDERO.

¡AAAHH!

¡DESDICHADO DE MÍ! NO ESPERABA RECIBIR DE ESTE MODO LA RACIÓN QUE ME CORRESPONDE.

AL DÍA SIGUIENTE, ALGO MÁS REPUESTO DON QUIJOTE, SE DESPIDIÓ DEL QUE ÉL CONSIDERABA ALCAIDE DEL CASTILLO.

GRACIAS OS DOY, CABALLERO, POR LAS ATENCIÓNES QUE EN VUESTRO CASTILLO HE RECIBIDO. SI OS LAS PUEDO PAGAR CASTIGANDO A ALGUIEN QUE OS HAYA HECHO AGRAVIO...

SEÑOR, CABALLERO, YO NO TENGO NECESIDAD DE QUE VUESTRA MERCED ME VENGUE DE NINGÚN AGRAVIO. SI VUESTRA MERCED ME PAGA EL GASTO QUE ESTA NOCHE HA HECHO EN LA VENTA, ME DARÉ POR SATISFECHO.

Y MUY HONRADA.

LUEGO, ¿VENTA ES ÉSTA?

ENGAÑADO HE VIVIDO HASTA AQUÍ, QUE EN VERDAD QUE PENSÉ QUE ERA CASTILLO, Y NO MALO.

¡QUIETO! ¡TÚ PAGARÁS POR TU AMO!

Y EL VENTERO, CON LA AYUDA DE OTROS HUÉSPEDES, MANTEARON AL DESVENTURADO SANCHO.

¡SOCORRO! ¡VENID EN MI AYUDA, MI SEÑOR!

CUANDO AL FIN LE DEJARON LIBRE...

NO TE LAMENTES, SANCHO, QUE ESTE QUE DEJAMOS ATRÁS ES CASTILLO ENCANTADO Y FUERON FANTASMAS LOS QUE TE MANTEARON.

¡AY! FANTASMAS O NO, BIEN ME MOLIERON, MI SEÑOR.

LEJOS YA DE LA VENTA...

¿VES AQUELLA POLVAREDA QUE ALLÍ SE LEVANTA, SANCHO? SEGURO ESTOY DE QUE ES UN EJÉRCITO QUE VIENE CONTRA NOSOTROS.

¿EJÉRCITO? ¡SÓLO ES UN REBAÑO DE OVEJAS!

DESOYENDO LA ADVERTENCIA DE SU ESCUDERO, DON QUIJOTE SE ENFRENTÓ, LANZA EN RISTRE, CONTRA EL REBAÑO.

¡QUE SON OVEJAS, SEÑOR!

¡DESVARÍAS! EL MIEDO TE HACE VER LO QUE NO ES.

¡ATRÁS, OH HUESTES DEL MALVADO ALIFANFARÓN! UN SOLO CABALLERO SOY, PERO ME SOBRA FUERZA DE MI BRAZO PARA VENCEROS.

PERO LOS PASTORES, EMPLEANDO SUS HONDAS, DERRIBARON A DON QUIJOTE DE SU MONTURA.

¡AY!

ALEJADOS LOS PASTORES, SANCHO PANZA SE APRESURÓ A SOCORRER A SU DUEÑO.

¿NO LE ADVERTÍ A VUESTRA MERCED QUE LOS QUE IBA A ACOMETER NO ERAN EJÉRCITOS, SINO REBAÑOS?

SÁBETE, SANCHO, QUE HA SIDO UN HECHICERO ENVIDIOSO DE MI GLORIA QUIEN HA OBRADO EL PRODIGIO.

¡AH! SIENTO UN GRAN DOLOR EN EL LADO DERECHO DE LA QUIJADA ALTA.

¿CUÁNTAS MUELAS SOLÍA TENER VUESTRA MERCED EN ESTA PARTE?

CUATRO, FUERA DE LA CORDAL, TODAS ENTERAS Y SANAS.

PUES EN ESTA PARTE DE ABAJO NO LE QUEDAN A VUESTRA MERCED MÁS DE DOS MUELAS Y MEDIA; Y EN LA DE ARRIBA NI MEDIA NI NINGUNA, QUE TODA ESTÁ MÁS RASA QUE LA PALMA DE LA MANO.

¡SIN VENTURA SOY! QUÉ MÁS QUISIERA QUE ME HUBIESEN DERRIBADO UN BRAZO, COMO NO FUERA EL DE LA ESPADA... LA BOCA SIN MUELAS ES COMO MOLINO SIN PIEDRAS...

UNOS DÍAS DESPUÉS, DEJANDO ATRÁS OTROS DESDICHADOS LANCES...

SALGAMOS AL CAMINO, SANCHO, QUE YA AMANECE.

Y EN EL CAMINO...

ALEGRA EL ÁNIMO, SANCHO, QUE AHÍ TENEMOS UNA NUEVA AVENTURA.

ESE HOMBRE LLEVA SOBRE SU CABEZA EL YELMO DE MAMBRINO, Y SE LO TENGO QUE ARREBATAR.

MIRE BIEN LO QUE DICE VUESTRA MERCED, QUE LO QUE ESE HOMBRE LLEVA EN LA CABEZA NO ES YELMO, SINO BACÍA DE BARBERO.

PERO UNA VEZ MÁS, DON QUIJOTE NO ATENDIÓ A RAZONES.

¡DEFIÉNDETE, CAUTIVA CRIATURA, O ENTRÉGAME DE TU VOLUNTAD LO QUE CON TANTA RAZÓN SE ME DEBE!

EL BARBERO, ASUSTADO, SE VALIÓ DE SUS PROPIOS PIES PARA ESCAPAR A TODA PRISA, ABANDONANDO LA BACÍA.

¿DE QUÉ TE RÍES, SANCHO?

DE QUE VUESTRA MERCED ESTIME QUE ES YELMO DE ORO PURÍSIMO LO QUE SÓLO ES BACÍA DE LATÓN.

POCO DESPUÉS...

ÉSTA ES UNA CADENA DE GALEOTES, GENTE FORZADA DEL REY, QUE VA A LAS GALERAS.

SI VAN A LA FUERZA, AHÍ ENCAJO YO COMO DE MOLDE, PUES MI OFICIO ES DESHACER FUERZAS Y SOCORRER A LOS MISERABLES.

27

DON QUIJOTE, DESPUÉS DE INTERROGAR A LOS PRESOS, LLEGANDO A LA CONCLUSIÓN DE QUE TODOS ACEPTABAN SU ESTADO DE MALA GANA Y POCO GUSTO, ORDENÓ AL COMISARIO QUE LOS SOLTARA.

¡DONOSA MAJADERÍA ES ÉSA! ¿LOS FORZADOS DEL REY QUIERE QUE DEJEMOS EN LIBERTAD? SIGA SU CAMINO VUESTRA MERCED, Y ENDERÉCESE ESE BACÍN QUE TRAE EN LA CABEZA, Y NO ANDE BUSCANDO TRES PIES AL GATO.

¡VOS SOIS EL GATO Y EL BELLACO!

¡AAAHH!

LOS GALEOTES, APROVECHANDO LA OCASIÓN QUE SE LES PRESENTABA, SE LANZARON SOBRE SUS GUARDIANES.

UNA VEZ LIBRES TODOS LOS FORZADOS...

DE GENTE BIEN NACIDA ES AGRADECER LOS BENEFICIOS QUE SE RECIBEN. PRESENTAOS ANTE MI SEÑORA DULCINEA DEL TOBOSO PARA DECIRLE QUE SU CABALLERO, EL DE LA TRISTE FIGURA, OS CONCEDIÓ LA LIBERTAD.

A FE DE GINÉS DE PASAMONTE, SEÑOR LIBERTADOR NUESTRO, QUE ESO ES PEDIR PERAS AL OLMO.

¡VOTO A TAL! DON GINESILLO DE PAROPILLO O COMO OS LLAMÉIS, QUE HABÉIS DE IR VOS SOLO, RABO ENTRE PIERNAS, CON TODA LA CADENA A CUESTAS.

28

GINÉS DE PASAMONTE, QUE NO ERA NADA BIEN SUFRIDO, ANIMÓ A SUS COMPAÑEROS A DESHACERSE DE AQUEL LOCO.

¡BELLACOS! ¡DESAGRADECIDOS!

¡AY! ¡ASÍ PAGA EL DIABLO A QUIEN LE SIRVE!

¡AH! HACER EL BIEN A VILLANOS ES COMO ECHAR AGUA EN EL MAR. PERO YA ESTÁ HECHO; PACIENCIA Y ESCARMENTAR DESDE AQUÍ PARA ADELANTE.

¡HUM! ASÍ ESCARMENTARÁ VUESTRA MERCED, COMO YO SOY TURCO.

MEJOR SERÁ QUE NOS INTERNEMOS EN LA SIERRA PARA ESCAPAR DE LA JUSTICIA, PUES CON LA SANTA HERMANDAD NO HAY QUE USAR DE CABALLERÍAS, Y DÉMONOS PRISA, MI SEÑOR, QUE YA ME PARECE OÍR SUS SAETAS ZUMBANDO EN LOS OÍDOS.

LLEGADOS QUE FUERON A LA MITAD DE LAS ENTRAÑAS DE SIERRA MORENA, CIERTA NOCHE, MIENTRAS EL AMO Y EL ESCUDERO ESTABAN ENTREGADOS AL SUEÑO, GINÉS DE PASAMONTE, QUE NO ERA AGRADECIDO NI BIEN INTENCIONADO, ACORDÓ DE HURTAR EL ASNO A SANCHO PANZA.

¡OH, HIJO DE MIS ENTRAÑAS, NACIDO EN MI MISMA CASA, BRINCO DE MIS HIJOS, REGALO DE MI MUJER Y ENVIDIA DE MIS VECINOS!

NO LLORES POR LA PÉRDIDA DE TU ASNO, SANCHO, QUE YO PROMETO DARTE TRES, DE CINCO QUE HE DEJADO EN MI CASA.

AL DÍA SIGUIENTE, DON QUIJOTE ESCRIBIÓ UNA CARTA PARA DULCINEA.

VE Y ENTRÉGASELA EN PROPIA MANO, MIENTRAS YO ME QUEDO EN ESTOS PARAJES, AYUNANDO Y HACIENDO PENITENCIA.

MIENTRAS DON QUIJOTE SE QUEDABA EN SIERRA MORENA, SANCHO PANZA EMPRENDIÓ CAMINO HACIA EL TOBOSO.

¡OH, DULCE DULCINEA, DÍA DE MI NOCHE Y GLORIA DE MI PENA, CONSIDERA EL LUGAR Y ESTADO A QUE TU AUSENCIA ME HA CONDUCIDO!

PERO QUISO DIOS QUE EL BUEN ESCUDERO ENCONTRARA AL CURA Y AL BARBERO, A LOS QUE RELATÓ LAS DESVENTURAS QUE HABÍAN SUFRIDO Y PUSO EN ANTECEDENTES DE LA NUEVA LOCURA DE DON QUIJOTE.

FORZOSO ES SACARLE DE ESE ESTADO Y CONDUCIRLE DE REGRESO A LA ALDEA.

EL CURA Y EL BARBERO SE PUSIERON DE ACUERDO CON UNA MOZA DEL MESÓN LLAMADA DOROTEA.

FINGIRÉIS SER UNA PRINCESA EN APUROS Y PEDIRÉIS A DON QUIJOTE QUE OS ACOMPAÑE PARA RESOLVER CIERTOS ASUNTOS QUE SE HAN PRODUCIDO EN VUESTRO REINO.

VUESTRO REINO PUEDE LLAMARSE MICOMICÓN Y VOS, SI OS PARECE BIEN, LA PRINCESA MICOMICONA.

ULTIMADOS LOS DETALLES DEL PLAN, EMPRENDIERON TODOS EL LARGO CAMINO QUE LES CONDUCIRÍA HASTA DON QUIJOTE.

¡AH! POR BIEN SUFRIDAS DARÉ TANTAS FATIGAS, SI AL FIN CONSEGUIMOS QUE ESE DESDICHADO REGRESE A SU CASA SANO Y SALVO.

CUANDO ENCONTRARON AL CABALLERO ANDANTE, DOROTEA SE ARROJÓ A SUS PIES.

DE AQUÍ NO ME LEVANTARÉ, VALEROSO Y ESFORZADO CABALLERO, HASTA NO HABER RECIBIDO PROMESA FORMAL DE QUE PONDRÉIS REMEDIO A MIS DESDICHAS.

ALZAOS, SEÑORA, QUE YO OS LA OTORGO Y CONCEDO.

RUEGO A VUESTRA MAGNÁNIMA PERSONA QUE SE VENGA CONMIGO A MI REINO Y TOME VENGANZA DE UN TRAIDOR QUE, CONTRA TODO DERECHO DIVINO Y HUMANO, ME TIENE USURPADO MI REINO.

VUESTRA GRAN HERMOSURA SE LEVANTE, QUE YO LE OTORGO EL DON QUE ME PIDE.

EMPRENDIDA LA MARCHA, DON QUIJOTE PREGUNTÓ POR DULCINEA.

¿VISTE A LA DAMA DE MIS PENSAMIENTOS, SANCHO AMIGO? ¿EN QUÉ SALÓN O APOSENTO DE SU ALCÁZAR TE RECIBIÓ?

EN EL CORRAL, MI SEÑOR.

MIENTRAS IBAN CAMINO DE LA VENTA, ENCONTRARON A GINÉS DE PASAMONTE QUE IBA MONTADO SOBRE EL RUCIO DE SANCHO.

EL DESAGRADECIDO BRIBÓN, ASUSTADO, SALTÓ DEL ASNO, Y TOMANDO UN TROTE QUE PARECÍA CARRERA, SE ALEJÓ A TODA PRISA.

SANCHO PANZA CORRIÓ HACIA EL ANIMAL Y LE ABRAZÓ CON GRAN CONTENTO.

¿CÓMO HAS ESTADO, BIEN MÍO, COMPAÑERO DE FATIGAS Y RUCIO DE MIS OJOS?

UNA VEZ EN LA VENTA, QUE ERA LA MISMA EN LA QUE SANCHO FUE MANTEADO, DON QUIJOTE SE RETIRÓ A DESCANSAR.

Y CUANDO LOS DEMÁS ESTABAN TERMINANDO UNA FRUGAL CENA...

¡ACUDID PRESTO, SEÑORES, QUE MI SEÑOR ANDA ENVUELTO EN LA MÁS REÑIDA BATALLA QUE MIS OJOS HAN VISTO!

¡VIVE DIOS, QUE HA DADO UNA CUCHILLADA AL GIGANTE ENEMIGO DE LA SEÑORA PRINCESA MICOMICONA, Y LA SANGRE CORRE A RÍOS POR EL APOSENTO!

¿QUÉ DECÍS, HERMANO? ¿CÓMO PUEDE SER CIERTO ESO QUE DECÍS?

CORRIERON TODOS AL APOSENTO Y...

¡CIELO SANTO, QUÉ ESTROPICIO!

¡MIS PELLEJOS DE VINO! ¡CIERTA ES MI RUINA!

¡ATRÁS, MALANDRÍN Y FOLLÓN, QUE NO TE HA DE VALER TU CIMITARRA!

CALMARON ENTRE TODOS LA FURIA DE DON QUIJOTE Y LA DESESPERACIÓN DEL VENTERO, AL QUE PROMETIERON PAGAR LOS DAÑOS.

AL DÍA SIGUIENTE, EL CURA Y EL BARBERO, CON LA AYUDA DEL POSADERO, SORPRENDIERON AL POBRE CABALLERO ANDANTE MEDIO DORMIDO Y LE METIERON EN UNA JAULA DE MADERA QUE HABÍAN PREPARADO.

MUCHOS ENCANTAMIENTOS SUFRIERON LOS CABALLEROS ANDANTES QUE ME PRECEDIERON, SANCHO. PERO NUNCA OÍ QUE FUERAN LLEVADOS COMO YO EN UNA JAULA, SINO TRANSPORTADOS POR LOS AIRES EN CARROS DE FUEGO.

¿CÓMO SABE VUESTRA MERCED QUE VA ENCANTADO? ¿SIENTE HAMBRE Y SED?

¡Y MUY GRANDES!

EN TAL CASO, BIEN SE ECHA DE VER QUE EL ENCANTAMIENTO ES FALSO, PORQUE LOS HOMBRES QUE VAN ENCANTADOS NO PUEDEN SENTIR FORZOSAMENTE LAS MISMAS NECESIDADES QUE LOS DEMÁS.

ENCANTADO VOY, Y YO SÉ LO QUE DIGO.

AL CABO DE VARIOS DÍAS, EL ENCANTADO CABALLERO ANDANTE Y SUS ACOMPAÑANTES LLEGARON AL PUEBLO...

... DONDE DON QUIJOTE HALLÓ, EN SU CASA, REPOSO A SUS FATIGAS.

CUIDADLE BIEN PARA QUE OLVIDE SU LOCURA Y NO SE LE OCURRA SALIR DE NUEVO A LOS CAMINOS Y CONVERTIRSE EN CABALLERO ANDANTE.

TRANSCURRIDO ALGÚN TIEMPO, REPUESTO DE SUS QUEBRANTOS Y RECOBRADA LA SALUD, DON QUIJOTE RECIBIÓ LA VISITA DEL CURA Y EL BARBERO.

¿QUÉ TAL SE ENCUENTRA VUESTRA MERCED?

NUNCA ESTUVE MEJOR.

TAMBIÉN SANCHO PANZA QUISO VISITAR A DON QUIJOTE, PERO...

¡FUERA DE AQUÍ, BELLACO! ¡IDOS A VUESTRA CASA, MOSTRENCO, QUE VOS SOIS, Y NO OTRO, EL CULPABLE DE SU LOCURA!

¿QUÉ DECÍS, AMA DE SATANÁS? VUESTRO AMO FUE QUIEN ME SACÓ DE LA ALDEA PARA IR EN BUSCA DE AVENTURAS, PROMETIÉNDOME EL GOBIERNO DE UNA ÍNSULA.

ESCUCHÓ DON QUIJOTE LOS GRITOS Y ORDENÓ AL AMA QUE HICIERA ENTRAR A SU ESCUDERO.

¿QUÉ DICE EL PUEBLO DE MIS HAZAÑAS, SANCHO?

QUE VUESTRA MERCED ESTÁ LOCO Y QUE YO SOY UN MENTECATO.

HABIENDO LLEGADO AL PUEBLO UN JOVEN BACHILLER LLAMADO SANSÓN CARRASCO...

ME CONSIDERO MUY FELIZ DE HABER PODIDO BESAR VUESTRAS MANOS, PUES SOIS EL MÁS FAMOSO CABALLERO ANDANTE QUE HA HABIDO, HAY Y HABRÁ EN TODA LA REDONDEZ DE LA TIERRA. ¡BENDITO SEA EL AUTOR QUE ESCRIBIÓ VUESTRAS HAZAÑAS!

LUEGO, ¿ES CIERTO QUE MI HISTORIA HA SIDO PUBLICADA EN LETRA IMPRESA?

CIERTO, MI SEÑOR DON QUIJOTE DE LA MANCHA; Y NO SÓLO EN ESPAÑA, SINO FUERA DE ELLA.

AQUELLO ANIMÓ A DON QUIJOTE A SALIR DE NUEVO EN BUSCA DE AVENTURAS.

¿NOS DIRIGIMOS A ZARAGOZA, COMO OS RECOMENDÓ EL BACHILLER SANSÓN CARRASCO?

NO, SANCHO AMIGO: PRIMERO IREMOS AL TOBOSO A VISITAR A LA DAMA DE MIS PENSAMIENTOS.

CUANDO AL FILO DE LA MEDIANOCHE LLEGARON AL TOBOSO...

GUÍAME HASTA EL PALACIO DE DULCINEA, TE LO RUEGO.

¿NO ESTARÁN SUS PUERTAS CERRADAS A ESTAS HORAS?

ESTUVIERON BUSCANDO EL PALACIO DE DULCINEA HASTA EL AMANECER, PERO COMO ÉSTE SÓLO EXISTÍA EN LA IMAGINACIÓN DE DON QUIJOTE NO LO HALLARON.

SI TÚ ESTUVISTE EN ÉL, SANCHO, ¿CÓMO ES POSIBLE QUE HAYAS OLVIDADO EL LUGAR EN QUE SE ENCUENTRA?

SANCHO PANZA NO SUPO QUÉ RESPONDER, HASTA QUE VIO VENIR A TRES ALDEANAS.

¡ALEGRE EL ÁNIMO VUESA MERCED, QUE POR ALLÍ LLEGA LA SEÑORA DULCINEA CON DOS DE SUS DONCELLAS!

¡SANTO DIOS! ¿QUÉ DICES, SANCHO AMIGO? ¿NO ME ENGAÑAS?

¿QUÉ SACARÍA YO DE ENGAÑAR A VUESTRA MERCED? VEA POR SÍ MISMO CÓMO POR ALLÍ AVANZA LA SEÑORA DULCINEA.

¿QUÉ DICES, SANCHO? YO NO VEO, AMIGO, SINO A TRES LABRADORAS SOBRE TRES BORRICOS.

CALLE, MI SEÑOR, Y DESPABILE LOS OJOS, Y VAYA A HACER REVERENCIA A LA SEÑORA DE SUS PENSAMIENTOS.

AUNQUE A DON QUIJOTE LE SEGUÍAN PARECIENDO LAS TRES RECIÉN LLEGADAS UNAS LABRADORAS, SE POSTRÓ ANTE ELLAS.

REINA Y PRINCESA, VUESTRA GRANDEZA SEA SERVIDA DE RECIBIR EN SU GRACIA AL CAUTIVO CABALLERO VUESTRO, DON QUIJOTE DE LA MANCHA, AQUÍ EN VUESTRA PRESENCIA, TURBADO, SIN PULSOS Y CONVERTIDO EN PIEDRA MÁRMOL.

APÁRTENSE Y DÉJENSE DE BURLAS, QUE TENEMOS PRISA.

¡OH, PRINCESA Y SEÑORA DEL TOBOSO! ¿CÓMO VUESTRO GENEROSO CORAZÓN NO SE ENTERNECE, VIENDO ARRODILLADO ANTE VOS A LA COLUMNA Y SUSTENTO DE LA ANDANTE CABALLERÍA?

¡POR LA BURRA DE MI SUEGRO! ¡MIRAD CON QUÉ VIENEN AHORA LOS SEÑORITOS! ¡DÉJENNOS PASAR Y CESEN EN SUS PULLAS, QUE SERLES HA MÁS SANO!

POCO DESPUÉS...

¡AH! CUÁN MALQUISTO SOY DE ENCANTADORES. HAN CONVERTIDO A MI DULCINEA EN UNA ZAFIA ALDEANA, QUE NO HUELE A ÁMBAR Y A FLORES, SINO A RANCIO SUDOR Y A AJOS CRUDOS.

YO NO VI NI OLÍ LO QUE DECÍS, MI SEÑOR; SÓLO VI SU HERMOSURA, LA RIQUEZA DE SU PORTE, Y SUS CABELLOS RUBIOS COMO HEBRAS DE ORO.

¡TRISTE DE MÍ! ¡Y QUE POR CULPA DE ESOS ENCANTADORES NO VIERA YO TODO ESO, SANCHO! ¡DIGO Y DIRÉ MIL VECES QUE SOY UN DESDICHADO!

LA SIGUIENTE NOCHE LA PASARON DON QUIJOTE Y SU ESCUDERO EN UNA FLORESTA, HABIENDO COMIDO LOS DOS DE LO QUE LLEVABAN EN LAS ALFORJAS DEL RUCIO.

DE PRONTO...

¡DESPIERTA, SANCHO, QUE AVENTURA TENEMOS!

¡HUM! DIOS NOS LA DÉ BUENA.

EL RECIÉN LLEGADO, QUE POR LAS TRAZAS ERA OTRO CABALLERO ANDANTE, EMPEZÓ A DECIR CON VOZ DOLIENTE Y LASTIMADA:

¡AH, CASILDEA DE VANDALIA! ¿NO TE BASTA QUE TE CONFIESEN LA MÁS HERMOSA DEL MUNDO TODOS LOS CABALLEROS DEL REINO, INCLUIDOS LOS DE LA MANCHA?

¡ESO NO! QUE YO SOY DE LA MANCHA, Y NUNCA TAL HE CONFESADO. CONMIGO HABÉIS DE ENTRAR EN BATALLA SI NO ADMITÍS QUE LA MÁS HERMOSA ES MI SEÑORA DULCINEA DEL TOBOSO.

¡JAMÁS HE DE ADMITIRLO!

¡A FE DE DON QUIJOTE DE LA MANCHA, QUE OS HARÉ MORDER EL POLVO!

¡AH!

¡DULCINEA ES LA MÁS HERMOSA!

CUANDO EL ESCUDERO DEL CABALLERO DERRIBADO LE LEVANTÓ LA VISERA...

¡SANTO CIELO! ¡NO ES ESE EL BACHILLER SANSÓN CARRASCO?

NO ES TAL, AMIGO SANCHO. ALGÚN HECHICERO HA MUDADO EL ROSTRO DE MI ENEMIGO.

MUERTO SOIS, CABALLERO, SI NO CONFESÁIS QUE LA SIN PAR DULCINEA DEL TOBOSO AVENTAJA EN GRACIA Y BELLEZA A VUESTRA CASILDEA DE VANDALIA.

CONFIESO QUE MÁS VALE EL ZAPATO DESCOSIDO Y SUCIO DE DULCINEA, QUE LAS BARBAS MAL PEINADAS, AUNQUE LIMPIAS, DE CASILDEA DE VANDALIA.

FRACASADO EL INTENTO DEL BACHILLER SANSÓN CARRASCO, QUE HABÍA TRAMADO VENCER A DON QUIJOTE PARA OBLIGARLE A REGRESAR A SU ALDEA, EL FALSO CABALLERO DE LOS ESPEJOS SE RETIRÓ MOLIDO Y APABULLADO, Y NUESTRO HÉROE Y SU ESCUDERO PROSIGUIERON SU CAMINO.

AL DÍA SI-
GUIENTE...

¡ALTO, HERMA-
NOS!¿QUÉ CARRO
ES ÉSE Y QUÉ LLE-
VÁIS EN ÉL?

DOS BRAVOS LEO-
NES ENJAULADOS,
QUE EL GENERAL DE
ORÁN ENVÍA A LA
CORTE.

¿LEONCITOS A MÍ? ABRID LA JAU-
LA Y ECHADME ESAS BESTIAS
FUERA, QUE LES HARÉ CONOCER
QUIÉN ES DON QUIJOTE DE LA MAN-
CHA, A DESPECHO DE
LOS ENCANTADORES
QUE ME LAS ENVÍAN.

LOS ARRIEROS ABRIE-
RON LA JAULA, PERO
LOS LEONES NO QUI-
SIERON SALIR.

TESTIGOS SOIS, SE-
ÑORES, DE QUE SI LA LU-
CHA NO SE ENTABLÓ NO
FUE POR MI CAUSA.

EN ADELANTE, SAN-
CHO, ME LLAMARÉ EL
CABALLERO DE LOS
LEONES.

DON QUIJOTE Y
SANCHO PANZA FUE-
RON INVITADOS A
LA BODA DE UN RICO
LABRADOR LLAMADO
CAMACHO PROSI-
GUIENDO VIAJE HA-
CIA ZARAGOZA, PE-
RO PRIVÁNDOLES
DE LLEGAR A ESA
CIUDAD LOS VARIA-
DOS LANCES Y AVEN-
TURAS QUE LES SA-
LIERON AL ENCUEN-
TRO.

CIERTA TARDE, EN EL CLARO DE UN BOSQUE, EL CABALLERO Y SU ESCUDERO ADVIRTIERON LA PRESENCIA DE UNOS CAZADORES DE ALTANERÍA.

CORRE, SANCHO, Y DI A ESA SEÑORA DEL PALAFRÉN Y DEL AZOR, QUE YO, EL CABALLERO DE LOS LEONES, BESO LAS MANOS A SU GRAN HERMOSURA.

CUMPLIDO EL ENCARGO, EL DUQUE HIZO ACERCARSE A DON QUIJOTE.

GRACIAS OS DOY POR VUESTRA CORTESÍA, MI SEÑOR DON QUIJOTE DE LA MANCHA, POR OTRO NOMBRE EL CABALLERO DE LOS LEONES, PERO ADONDE ESTÉ MI SEÑORA DOÑA DULCINEA DEL TOBOSO, NO ES RAZÓN QUE SE ALABEN OTRAS HERMOSURAS.

EL DUQUE Y SU ESPOSA INVITARON A DON QUIJOTE A SU CASTILLO.

¿HABÉIS VENCIDO A MUCHOS GIGANTES? ¿QUÉ NUEVAS HABÉIS RECIBIDO DE LA DAMA DE VUESTROS PENSAMIENTOS?

SEÑORA MÍA, MIS DESGRACIAS, AUNQUE TUVIERON PRINCIPIO, NUNCA TENDRÁN FIN. GIGANTES HE VENCIDO...

...Y FOLLONES Y MALANDRINES ENVIÉ A DULCINEA. PERO, ¿ADÓNDE LA HABÍAN DE HALLAR, SI ESTÁ ENCANTADA, Y CONVERTIDA EN LA MÁS FEA LABRADORA QUE IMAGINAR SE PUEDA?

¿HABÉISLA VISTO VOS ENCANTADA, SANCHO?

¿CÓMO SI LA HE VISTO? ¡TAN ENCANTADA ESTÁ CÓMO MI PADRE!

EL ECLESIÁSTICO QUE ASISTÍA A LA CENA NO PUDO EVITAR SU ENOJO.

¡BASTA DE BURLAS! Y A VOS, ALMA DE CÁNTARO, ¿QUIÉN OS HA ENCAJADO EN EL CEREBRO QUE SOIS UN CABALLERO ANDANTE? VOLVEOS A VUESTRA CASA Y DEJAD DE ANDAR VAGANDO POR EL MUNDO Y DANDO QUE REÍR A LA GENTE.

EL LUGAR DONDE ME HALLO Y LA PRESENCIA DE MIS ANFITRIONES ATAN LAS MANOS A MI JUSTO ENOJO. ¡CABALLERO ANDANTE SOY Y CABALLERO ANDANTE HE DE MORIR, VENCIENDO GIGANTES Y CASTIGANDO INSOLENCIAS!

¡BIEN! ¡NO DIGÁIS MÁS, SEÑOR Y AMO MÍO, PORQUE NADA MÁS HAY QUE DECIR!

¿POR VENTURA, HERMANO, SOIS VOS ESE SANCHO PANZA A QUIEN SU AMO TIENE PROMETIDA UNA ÍNSULA?

SÍ SOY, Y SOY QUIEN LA MERECE MEJOR QUE OTRO CUALQUIERA. EL QUE A BUEN ÁRBOL SE ARRIMA, BUENA SOMBRA LE COBIJA. YO ME HE ARRIMADO A MI SEÑOR Y, DIOS QUERIENDO, HE DE SER COMO ÉL.

Y VIVA ÉL Y VIVA YO: QUE NI A ÉL LE FALTARÁN IMPERIOS QUE REGIR, NI A MÍ, SI SIGO EN SU COMPAÑÍA, ÍNSULAS QUE GOBERNAR.

NO POR CIERTO, AMIGO SANCHO, QUE YO OS HAGO DONACIÓN DE UNA.

HÍNCATE DE RODILLAS, SANCHO, Y BESA LOS PIES A SU EXCELENCIA POR LA MERCED QUE TE HA HECHO.

AL DÍA SIGUIENTE, LOS DUQUES ORGANIZARON UN CACERÍA EN HONOR DE DON QUIJOTE.

PERO... ¡AUXILIO! ¡LIBRADME DE ESTE MONSTRUO!

CUANDO EL JABALÍ SE ALEJÓ, ACOSADO POR LOS PERROS...

¡AYUDADME, MI SEÑOR! ¡LA CAZA NO ES PARA MÍ!

MUDAD DE OPINIÓN, SANCHO, PUES DEBERÉIS OCUPAROS DE TAL EJERCICIO CUANDO SEÁIS GOBERNADOR.

ESO NO, MI SEÑOR: EL BUEN GOBERNADOR, LA PIERNA QUEBRADA Y EN CASA; QUE AL BUEN PAGADOR NO LE DUELEN PRENDAS, Y TRIPAS LLEVAN PIES, QUE NO PIES A TRIPAS.

¡MALDITO SEAS, SANCHO! ¿CUÁNDO SERÁ EL DÍA QUE YO TE VEA HABLAR SIN REFRANES UNA RAZÓN CORRIENTE Y CONCERTADA?

AL ANOCHECER, SURGIENDO DE LAS SOMBRAS UN HOMBRE MONTADO EN UN CABALLO NEGRO AVANZÓ HACIA ELLOS.

¿QUIÉN SOIS Y ADÓNDE VAIS?

YO SOY EL DIABLO, Y VOY EN BUSCA DE DON QUIJOTE DE LA MANCHA.

SI VOS FUÉRAIS DIABLO, COMO DECÍS, YA HUBIÉRAIS CONOCIDO AL TAL CABALLERO, PUES LO TENÉIS DELANTE.

CABALLERO DE LOS LEONES, ESPERA EN ESTE LUGAR LA LLEGADA DE DULCINEA DEL TOBOSO, QUE POR EL VALIENTE MONTESINOS VIENE ENCANTADA. EL MAGO MERLÍN, QUE HACIA ACÁ SE DIRIGE, TE DIRÁ LO QUE ES MENESTER PARA DESENCANTARLA.

CUANDO EL FINGIDO DIABLO SE ALEJÓ...

¡YO SOY EL MAGO MERLÍN! VALIENTE DON QUIJOTE, PARA QUE DULCINEA SEA DESENCANTADA, ES MENESTER QUE SANCHO SE DÉ TRES MIL AZOTES.

¿YO? ¡VOTO A TAL! SI EL SEÑOR MERLÍN NO ENCUENTRA OTRA MANERA DE DESENCANTAR A LA SEÑORA DULCINEA DEL TOBOSO, ENCANTADA SE IRÁ A LA SEPULTURA.

LA VOZ DE LA ENCANTADA DULCINEA SE ESCUCHÓ ENTONCES EN EL SILENCIO DEL BOSQUE.

¡OH, MALVADO ESCUDERO! SI POR MÍ NO QUIERES ABLANDARTE Y SACUDIRTE ESAS CARNAZAS, HAZLO POR TU AMO, POR ESE CABALLERO QUE A TU LADO TIENES.

¿POR QUÉ HE DE SER YO QUIEN ME AZOTE LAS CARNES? POR VENTURA, ¿SON MIS CARNES DE BRONCE?

PUES EN VERDAD OS DIGO, AMIGO SANCHO, QUE SI NO OS ABLANDÁIS MÁS QUE UNA BREVA MADURA, NO HABRÉIS DE EMPUÑAR EL GOBIERNO DE LA ÍNSULA.

ACEPTÓ AL FIN SANCHO PANZA LA PENITENCIA, POR LO QUE DON QUIJOTE LE ABRAZÓ CONMOVIDO.

PERO LOS DUQUES NO SE HABÍAN CONTENTADO CON ESA BROMA Y, AL REGRESAR A SU PALACIO...

YO SOY LA CONDESA TRIFALDI, POR OTRO NOMBRE LA DUEÑA DOLORIDA, A QUIEN EL HECHICERO MALAMBRUNO HA CUBIERTO EL ROSTRO CON LA ASPEREZA DE ESTAS CERDAS.

YO ME RAPARÍA LAS MÍAS, SEÑORA, SI PUDIERA REMEDIAR LAS VUESTRAS.

ACEPTO VUESTRA PROMESA, VALEROSO CABALLERO, PERO MIS BARBAS NO PUEDEN SER RAPADAS CON EL SACRIFICIO DE LAS VUESTRAS, SINO CABALGANDO SOBRE CLAVILEÑO, EL CABALLO DE MADERA QUE SIRVIÓ AL VALEROSO PIERRES PARA RAPTAR A LA LINDA MAGALONA.

NO ME DESCONTENTA LA AVENTURA; PERO ¿CON QUÉ FRENO O CON QUÉ JÁQUIMA SE GOBIERNA?

CON UNA CLAVIJA QUE LLEVA ENCIMA; CON LA QUE SE LE HACE CABALGAR POR LA TIERRA O VOLAR POR LOS AIRES.

UNOS EXTRAÑOS SERES QUE SE DIJERON ENVIADOS DEL HECHICERO MALAMBRUNO, INVITARON A DON QUIJOTE Y A SU ESCUDERO A SUBIR SOBRE CLAVILEÑO.

SUBA SOBRE ÉL EL CABALLERO SI TIENE ÁNIMO PARA ELLO.

¡HUM! YO NO SUBO, PORQUE NI TENGO ÁNIMO PARA ELLO, NI SOY CABALLERO.

PERO, ANTE LA AMENAZA DE PERDER EL GOBIERNO DE LA ÍNSULA, SANCHO PANZA SUBIÓ SOBRE EL CABALLO Y SE DEJÓ VENDAR LOS OJOS LO MISMO QUE SU AMO.

¡DIOS TE GUÍE, AUDAZ CABALLERO! ¡TENTE, VALEROSO SANCHO, QUE YA VAIS POR LOS AIRES!

CIERTO HA DE SER ESO, SANCHO, Y LA COSA VA COMO HA DE IR, PUES EL VIENTO LLEVAMOS EN LA POPA.

PRONTO LLEGAREMOS A LA REGIÓN DEL FUEGO.

¡QUE ME ASPEN SI NO ESTAMOS YA EN ELLA, MI SEÑOR, PUES PARTE DE MI BARBA SE HA CHAMUSCADO!

TODAS ESTAS PLÁTICAS ERAN OÍDAS POR EL DUQUE Y LA DUQUESA Y LOS QUE ESTABAN EN EL JARDÍN, RECIBIENDO DE ELLOS GRAN CONTENTO.

PARA REMATAR LA FARSA, LOS CRIADOS PEGARON FUEGO A LA MECHA QUE EL CABALLO TENÍA EN LA COLA, HACIENDO ESTALLAR LOS COHETES TRONADORES QUE EL ARTILUGIO LLEVABA DENTRO.

¡GRACIAS, ÍNCLITO CABALLERO! MALAMBRUNO SE DA POR SATISFECHO POR TU VALOR, Y MIS BARBAS, COMO PUEDE VERSE, HAN QUEDADO LISAS Y MONDAS!

AL DÍA SIGUIENTE, EL DUQUE, EN CUMPLIMIENTO DE SU PROMESA, DISPUSO QUE SANCHO PARTIERA A EJERCER EL GOBIERNO DE LA ÍNSULA BARATARIA.

RECUERDA MIS CONSEJOS, SANCHO. DIOS TE GUÍE, Y TE GOBIERNE EN TU GOBIERNO.

SEÑOR, SI A VUESTRA MERCED LE PARECE QUE NO SOY DIGNO DE ESTE CARGO, DESDE AQUÍ LO SUELTO. SI HE DE PONER EN PELIGRO MI ALMA, PREFIERO SER SANCHO A SECAS, CON PAN Y CEBOLLA, QUE GOBERNADOR CON PERDICES Y CAPONES.

POR DIOS, SANCHO, QUE SÓLO POR ESTAS RAZONES QUE HAS DICHO, MERECES SER GOBERNADOR DE MIL ÍNSULAS. ENCOMIÉNDATE A DIOS, Y PROCURA NO ERRAR.

SIGUIENDO PUNTO POR PUNTO LO QUE LOS DUQUES HABÍAN PLANEADO DE ANTEMANO, SANCHO FUE LLEVADO, CON GRAN ACOMPAÑAMIENTO DE LACAYOS, A UN PEQUEÑO PUEBLO SITUADO EN LAS POSESIONES DE LOS ANFITRIONES DE DON QUIJOTE.

¡VIVA EL GOBERNADOR!

¡BIEN VENIDO A LA ÍNSULA DE BARATARIA!

REPICARON LAS CAMPANAS Y TODOS LOS VECINOS DIERON MUESTRAS DE GENERAL ALEGRÍA. Y LUEGO DE UNAS RIDÍCULAS CEREMONIAS, LE LLEVARON AL SALÓN DEL JUZGADO.

ES COSTUMBRE MUY ANTIGUA EN ESTA ÍNSULA, SEÑOR GOBERNADOR, QUE EL QUE VIENE A TOMAR POSESIÓN DEL GOBIERNO PONGA A PRUEBA SU INGENIO.

¡ADELANTE CON LA PRUEBA!

SEÑOR GOBERNADOR, ESTE HOMBRE QUE ME ACOMPAÑA VINO AYER A MI TIENDA Y ME DIO UN TROZO DE TELA PARA HACER UNA CAPERUZA. PERO ÉL TUVO MIEDO DE QUE LE ROBARA PARTE DE LA TELA Y...

47

...ME PREGUNTÓ SI HABÍA BASTANTE PARA HACER DOS CAPERUZAS. YO LE DIJE QUE SÍ, ADIVINANDO SU DESCONFIANZA, Y ÉL FUE AÑADIENDO CAPERUZAS HASTA LLEGAR AL NÚMERO DE CINCO. HICE, PUES, MI TRABAJO, Y AHORA NO QUIERE PAGARME.

HE AQUÍ LAS CINCO CAPERUZAS, Y PUEDO JURAR POR MI HONOR QUE NO ME HA SOBRADO NI UNA PULGADA DE PAÑO.

NO LO DUDO, SEÑOR. PERO, ¿ES JUSTO QUE PAGUE LO QUE PARA NADA ME SIRVE?

LA RESPUESTA DE SANCHO PANZA NO SE HIZO ESPERAR.

ÉSTA ES MI SENTENCIA: QUE EL SASTRE PIERDA EL TRABAJO Y EL LABRADOR PIERDA LA TELA. LAS CAPERUZAS SE LLEVEN A LOS PRESOS DE LA CÁRCEL, Y NO SE HABLE MÁS.

SOMETIERON AL BUEN SANCHO A OTRAS PRUEBAS, Y DE TODAS SALIÓ AIROSO, ADMIRANDO A LOS PRESENTES.

EL NUEVO GOBERNADOR FUE TRASLADADO A UN SUNTUOSO PALACIO, DONDE HABÍA DISPUESTA UNA SUCULENTA CENA.

PERO...

¡FUERA ESTE PLATO, QUE NO ES CONVENIENTE!

¿EH? ¿QUÉ JUEGO ES ÉSTE?

YO, SEÑOR GOBERNADOR, SOY EL MÉDICO ENCARGADO DE VELAR POR VUESTRA SALUD, Y DEBO ASISTIR A VUESTRAS COMIDAS Y CENAS PARA EVITAR QUE CONSUMÁIS CUALQUIER MANJAR PERNICIOSO.

ESE PLATO DE PERDICES, SEGÚN CREO, NO ME HARÁ NINGÚN DAÑO.

¡FUERA CON LAS PERDICES! VUESTRA EXCELENCIA NO COMERÁ TAL COSA MIENTRAS YO TENGA VIDA.

¿QUÉ PUEDO COMER ENTONCES?

¡ME MUERO DE HAMBRE!

BIEN, BIEN, PERO MI PARECER ES QUE NO COMÁIS DE AQUELLOS CONEJOS, NI TERNERA ASADA, NI DE AQUELLAS FRUTAS.

¡VOTO AL SOL! ¡FUERA DE MI VISTA, SEÑOR GALENO, SI NO QUERÉIS QUE A GARROTAZOS ACABE CON VOS Y CON TODOS LOS MÉDICOS DE LA ÍNSULA!

EL NUEVO GOBERNADOR PASÓ LOS DÍAS SIGUIENTES DEDICADO A LOS DEBERES DE SU CARGO. PERO CIERTA NOCHE, CUANDO ESTABA ENTREGADO AL SUEÑO, LE DESPERTÓ UN GRAN GRITERÍO Y EL SON DE UNAS CAMPANAS TOCADAS A REBATO.

49

¿QUÉ OCURRE? ¿A QUÉ VIENE ESE ALBOROTO?

¡ALARMA! ¡ALARMA, SEÑOR GOBERNADOR, QUE HAN ENTRADO INFINITOS ENEMIGOS EN LA ÍNSULA, Y TODOS ESTAMOS PERDIDOS SI VUESTRA INDUSTRIA Y VALOR NO NOS SOCORRE!

¿QUÉ ES ESTO?

ARMAS DEFENSIVAS, SEÑOR. EMPUÑE AHORA LAS OFENSIVAS Y SEA NUESTRO GUÍA Y CAPITÁN.

¡APRISA! ¡MUÉVASE Y CAMINE!

¿CÓMO, DESVENTURADO DE MÍ, SI ME LO IMPIDEN ESTOS PAVESES QUE TAN COSIDOS TENGO EN MIS CARNES?

MIENTRAS, LOS SOLDADOS FINGÍAN LUCHAR ENTRE SÍ.

¡AQUÍ LOS NUESTROS, QUE POR ESTA PARTE CARGAN MÁS LOS ENEMIGOS!

¡AL ATAQUE!

QUISO LA FORTUNA QUE DON QUIJOTE ACUDIERA EN SU AYUDA, SACÁNDOLE A ÉL Y AL RUCIO DEL APURO.

¿CÓMO TAN PRESTO HAS DEJADO TU GOBIERNO, SANCHO?

POR CAUSAS QUE ES MENESTER MÁS ESPACIO PARA DECIRLAS, MI SEÑOR.

DON QUIJOTE Y SU ESCUDERO, DESPUÉS DE DESPEDIRSE DE LOS DUQUES, VOLVIERON OTRA VEZ A LOS CAMINOS.

YA PESABA SOBRE MÍ TANTA OCIOSIDAD, SANCHO. PREFERIBLE ES CAMINAR LIBRE COMO EL VIENTO QUE ESTAR ENCERRADO Y PEREZOSO ENTRE REGALOS Y DELEITES, QUE LA LIBERTAD, AMIGO, ES EL MÁS PRECIOSO DE LOS BIENES.

ENTRE AQUELLOS BANQUETES SAZONADOS Y AQUELLAS BEBIDAS DE NIEVE, ME PARECÍA A MÍ QUE ESTABA METIDO ENTRE LAS ESTRECHECES DEL HAMBRE, PORQUE NO LO GOZABA CON LA LIBERTAD QUE LO GOZARA SI FUERAN MÍOS.

CON TODO, MI SEÑOR, AGRADEZCAMOS LAS PROVISIONES QUE EL MAYORDOMO DEL DUQUE PUSO EN MIS ALFORJAS, QUE NO SIEMPRE HEMOS DE TOPAR CON CASTILLO DONDE NOS REGALEN Y SÍ, MÁS A MENUDO, CON VENTAS DONDE NOS APALEEN.

BUEN LUGAR ES ÉSTE PARA QUE TE DES ALGUNOS AZOTES A CUENTA DE LOS QUE SON NECESARIOS PARA DESENCANTAR A DULCINEA.

¿CÓMO? ¿AHORA ME HABLA VUESTRA MERCED DE AZOTES?

¿NO ADVIERTE MI SEÑOR QUE ESTOY OCUPADO?

¡AH! ¿ES QUE SÓLO PIENSAS EN COMER, SANCHO? TENDRÉ QUE AZOTARTE YO POR MI PROPIA MANO, PORQUE TÚ ERES DURO DE CORAZÓN Y BLANDO DE CARNES.

53

ESTESE QUIETO VUESTRA MERCED, PUES SI ME DA UN SOLO AZOTE DARÉ TALES GRITOS, QUE ME OIRÁN HASTA LOS SORDOS.

HE DE AZOTARTE, SANCHO, AUNQUE TÚ NO QUIERAS.

¡NO HARÁ TAL VUESTRA MERCED!

¡OH! ¿CÓMO TE ATREVES A LUCHAR CONTRA TU PROPIO AMO?

NI QUITO NI PONGO REY, SINO QUE ME AYUDO A MÍ MISMO, QUE SOY MI SEÑOR. PROMÉTAME VUESTRA MERCED QUE NO INTENTARÁ AZOTARME Y YO LE DEJARÉ LIBRE.

PROMETIÓ DON QUIJOTE NO TOCARLE UN PELO DE LA ROPA Y, HABIENDO TERMINADO DE COMER SANCHO Y DESCANSADO DON QUIJOTE, REEMPRENDIERON AMBOS SU CAMINO.

TRAS MUCHAS Y MUY VARIADAS AVENTURAS, LLEGARON EL CABALLERO ANDANTE Y SU ESCUDERO A LAS PLAYAS CATALANAS...

...DONDE PUDIERON CONTEMPLAR EL MAR POR PRIMERA VEZ.

EN BARCELONA, DON QUIJOTE Y SANCHO SE HOSPEDARON EN CASA DE UNOS NOBLES SEÑORES QUE HABÍAN LEÍDO LA PRIMERA PARTE DE SUS AVENTURAS.

CIERTA MAÑANA, CUANDO EL CABALLERO ANDANTE Y SU ESCUDERO PASEABAN POR LA PLAYA...

¿QUIÉN SOIS, CABALLERO?

INSIGNE DON QUIJOTE DE LA MANCHA, YO SOY EL CABALLERO DE LA BLANCA LUNA, Y VENGO A CONTENDER CONTIGO PARA HACERTE CONFESAR, UNA VEZ VENCIDO POR LA FUERZA DE MI BRAZO, QUE MI DAMA...

...ES, SIN COMPARACIÓN, MÁS HERMOSA QUE LA TUYA.

¡MIENTES! Y YO TE HARÉ ADMITIR, DERRIBADO POR EL ÍMPETU DE MI LANZA, QUE NO HAY, NI HA HABIDO NI HABRÁ, DAMA MÁS HERMOSA QUE DULCINEA.

LUCHEMOS LOS DOS, DON QUIJOTE, Y VEAMOS QUIÉN TIENE RAZÓN. SI OS VENZO, DEBÉIS ACEPTAR, ADEMÁS, EL RETIRAROS A VUESTRA ALDEA, SIN EMPRENDER OTRA NUEVA AVENTURA.

¡ACEPTADO QUEDA!

LOS DOS CABALLEROS SE ALEJARON PARA AMPLIAR SU CAMPO DE ACCIÓN Y...

¡DAD FUERZA A MI BRAZO, SEÑORA MÍA!

56

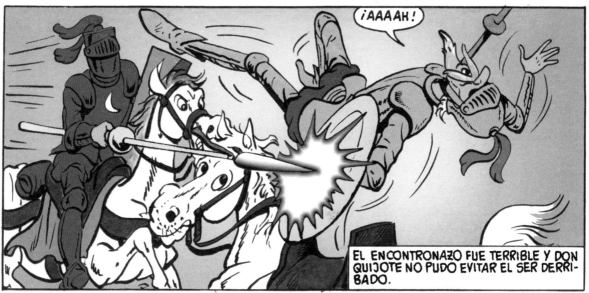

¡AAAAH!

EL ENCONTRONAZO FUE TERRIBLE Y DON QUIJOTE NO PUDO EVITAR EL SER DERRIBADO.

VENCIDO SOIS, CABALLERO, Y AUN MUERTO, SI NO CONFESÁIS LAS CONDICIONES DE NUESTRO DESAFÍO.

DON QUIJOTE, MOLIDO Y ATURDIDO, CONTESTÓ CON VOZ DÉBIL, COMO SI HABLARA DESDE DENTRO DE UNA TUMBA.

DULCINEA DEL TOBOSO ES LA MÁS HERMOSA MUJER DEL MUNDO, Y YO EL MÁS DESDICHADO CABALLERO DE LA TIERRA, Y NO ES BIEN QUE MI FLAQUEZA DEFRAUDE ESTA VERDAD.

APRIETA, CABALLERO, LA LANZA Y QUÍTAME LA VIDA, PUES ME HAS QUITADO LA HONRA.

ESO NO HARÉ YO, POR CIERTO: VIVA EN SU ENTEREZA LA FAMA DE LA HERMOSURA DE DULCINEA, QUE YO ME CONTENTO CON QUE TE RETIRES A TU CASA...

...POR EL TIEMPO QUE POR MÍ LE FUERA MANDADO.

SI NO ME PEDÍS COSA QUE RESULTE EN PERJUICIO DE DULCINEA, LO DEMÁS CUMPLIRÉ COMO CABALLERO.

EL CABALLERO DE LA BLANCA LUNA, QUE NO ERA OTRO QUE EL BACHILLER SANSÓN CARRASCO, SE RETIRÓ SATISFECHO DEL RESULTADO DE SU ARGUCIA Y CON LA ESPERANZA DE QUE DON QUIJOTE, APARTADO DE LAS SANDECES DE LA CABALLERÍA, VOLVIERA A RECOBRAR EL JUICIO.

AL SALIR DE BARCELONA, DON QUIJOTE VOLVIÓ A PASAR POR EL LUGAR DONDE HABÍA SIDO DERROTADO.

¡AQUÍ FUE TROYA! ¡AQUÍ MI DESDICHA Y NO MI COBARDÍA SE LLEVÓ MIS ALCANZADAS GLORIAS!

AL DÍA SIGUIENTE, DON QUIJOTE ORDENÓ A SANCHO QUE COLGARA SUS ARMAS DE UN ÁRBOL.

LARGO Y TRISTE FUE EL CAMINO DE REGRESO. DETUVIÉRONSE EN ALGUNAS VENTAS, QUE YA NO LE PARECIERON AL DESDICHADO CABALLERO CASTILLOS, MOSTRANDO ASÍ QUE, DESPUÉS QUE LE VENCIERON, EN TODO DISCURRÍA CON MÁS JUICIO.

ROGÓ DON QUIJOTE A SANCHO QUE, AL PRECIO QUE HABÍAN CONCERTADO, SE DIERA UNA RACIÓN DE AZOTES PARA IR REMEDIANDO EL ENCANTAMIENTO DE DULCINEA.

¡PROSIGUE, SANCHO, Y NO DESMAYES!

PERO EL SOCARRÓN DEL ESCUDERO, LANZANDO SUSPIROS COMO SI LE ARRANCARAN EL ALMA, AZOTABA EL TRONCO DE UN ÁRBOL.

¡AY! ¡AY!

SIGUE EN TU DISCIPLINA, AMIGO, QUE, PORQUE LA ABREVIES, TE AÑADO CIEN REALES.

DE ESTE MODO, A LA MANO DE DIOS Y LLUEVAN AZOTES.

LLEGARON POR FIN LOS DOS VIAJEROS A LA VISTA DE LA ALDEA Y SANCHO SE HINCÓ DE RODILLAS.

ABRE LOS OJOS, DESEADA PATRIA, Y MIRA QUE VUELVE A TI SANCHO PANZA, SI NO MUY RICO MUY BIEN AZOTADO. RECIBE TAMBIÉN A TU HIJO DON QUIJOTE, QUE SI VIENE VENCIDO DE BRAZOS AJENOS, REGRESA VENCEDOR DE SÍ MISMO.

TODA LA ALDEA SE CONMOVIÓ POR EL REGRESO DEL CABALLERO ANDANTE, Y EL CURA Y EL BACHILLER SANSÓN CARRASCO LE AYUDARON A ENTRAR EN LA CASA.

TOME MI CONSEJO, SEÑOR; QUÉDESE EN CASA Y ATIENDA SU HACIENDA..

SÍ, TÍO.

CALLAD, HIJAS, QUE YO SÉ BIEN LO QUE ME CUMPLE. LLEVADME AL LECHO, QUE ME PARECE QUE NO ESTOY MUY BUENO.

DURMIÓ EL CABALLERO MÁS DE SEIS HORAS SEGUIDAS, Y LUEGO...

DADME ALBRICIAS, MIS BUENOS AMIGOS, QUE YA NO SOY DON QUIJOTE DE LA MANCHA, SINO ALONSO QUIJANO. YA ME SON ODIOSAS LAS HISTORIAS DE LA ANDANTE CABALLERÍA.

¿CÓMO? AHORA QUE ESTÁ DESENCANTADA MI SEÑORA DOÑA DULCINEA, ¿SALE VUESTRA MERCED CON ESO?

TIENE RAZÓN SANCHO.

SEÑORES, VÁMONOS POCO A POCO, PUES EN LOS NIDOS DE ANTAÑO YA NO HAY PÁJAROS HOGAÑO. YO FUI LOCO, Y YA SOY CUERDO. AVISEN AL ESCRIBANO MIENTRAS EL CURA ME CONFIESA, PUES QUIERO HACER TESTAMENTO.

¡AH! NO SE MUERA VUESTRA MERCED, Y VIVA MUCHOS AÑOS, QUE LA MAYOR LOCURA QUE PUEDE HACER UN HOMBRE EN ESTA VIDA ES, SIN QUE NADIE LE MATE, DEJARSE MORIR DE MELANCOLÍA.

AL FIN LLEGÓ EL ÚLTIMO MOMENTO DE DON QUIJOTE, QUIEN DESPUÉS DE HABER RECIBIDO TODOS LOS SACRAMENTOS, ENTREGÓ EL ALMA A SU CREADOR.

¡AH! NUNCA SE LEYÓ EN NINGÚN LIBRO DE CABALLERÍAS QUE UN CABALLERO ANDANTE HUBIESE MUERTO EN SU LECHO, TAN SOSEGADAMENTE Y TAN CRISTIANO, COMO DON QUIJOTE DE LA MANCHA.

..." PUES NO HA SIDO OTRO MI DESEO QUE PONER EN ABORRECIMIENTO DE LOS HOMBRES LOS LIBROS DE CABALLERÍAS Y SUS DISPARATADAS HISTORIAS, QUE POR LAS DE MI VERDADERO DON QUIJOTE VAN YA TROPEZANDO, Y HAN DE CAER DEL TODO SIN DUDA ALGUNA. "

FIN